불문율의 숲에

몸을 누이다

이옥진 포토포엠

불문율의 숲에
몸을 누이다

눈빛

이옥진 대구 출생으로 연세대학교 음악대학, 이화여자학교 대학원 신문방송학과를 졸업했다.
1991년 『현대시』 신인상으로 등단했고, 시집으로 『새들은 풀잎색 빗소리를 듣는다』(1995, 둥지)와
『절벽 위의 붉은 흙』(2002, 문학수첩) 등이 있다. 포토포엠 『그곳에 내 집이 있었네』(2002, 눈빛)와
소설 『나는 내일이면 이 남자를 떠날 것이다』(2012, 문학사상)가 있다. 현재 한국시인협회와
가톨릭문인회, 이대동창문인회, 여성문학인회에서 활동하고 있다.

불문율의 숲에 몸을 누이다
이옥진 포토포엠

초판 1쇄 발행일 2015년 10월 20일
발행인 이규상
편집인 안미숙
발행처 눈빛출판사
          서울시 마포구 월드컵북로 361 이안상암 2단지 506호
          전화 336 - 2167 팩스 324 - 8273
등록번호 제1 - 839호
등록일 1988년 11월 16일
인쇄 예림인쇄
제책 일진제책
값 20,000원
ISBN 978 - 89 - 7409 - 365 - 5

자서自序

지향성으로서의 의식의 실체성은 스스로 초월하는 데 있다

– 레비나스

우리의 내면세계는 언제나 평화를 얻기 위해 끝없는 초월적 자아를 지향하고 있다. 도덕, 선악, 논리적 사고가 존재하지 않고, 인간의 최초의 본능과 본성을 지닌 이드(id)와 도덕의 원리에 지배되는 초자아(super ego) 사이에는 끝없는 갈등이 발생한다.

'나'가 세계의 주인으로서, 인간이 태어날 때 이루어져 있는 욕구와 욕망을 실현시키며 자유롭기에는 '나'의 존재는, 시간은, 다른 세계로 가는 통로에 불안, 양심, 후회, 죽음에로의 길이 열려 있을 뿐이었다.

진정한 실존 방식을 위하여 보이는 세계보다 보이지 않는 세계에 대해 갈망하고, 대답 없는 세계 속에 던져진 채, 존재의 의미를 끊임없이 물으며 끝없는 질문 속에 나를 던져 놓는 것이었다.

삶에 채워야 할 것과 비워야 할 것이 무엇인지, 삶과 죽음에 대한 본질을 터득한 순간에 획득할 수 있는 그 어떤 것은 무엇인지 삶의 확실한 지반을 원하였다.

신을 생각하고 구원을 생각하고 신이란, 종교란 무엇인가? 이 천착의 과정이 〈신성의 별〉 30여 편을 연작으로 쓰게 되었다. 결론에 이르러 얻는 한 구절의 시는

가로등은 제 발등만 비추일 뿐이다

그 밑을 지나는 자[※]에게 열정을 쏟아붓는
풋내기의 사랑법이라 할지라도
멀리서 바라보는 자가 빛으로 바라보면 신성의 별이 된다
- 「겨울의 별들이 맑은 눈을 닦으리라」 중

이었다. 결국 신은 인간을 창조하고 인간은 신을 만들었다고 나는 믿게 된다.

인간은 완성된 존재자가 아니다. 부단히 자기 초월, 자기 창조의 길을 가는 존재자일 뿐, 내적 자유를 위한 본질의 탐구와 투쟁은 인간으로서 우리들 자신을 확인하기 위한 과정이다.

삶에 대한 질문은 죽음과 대면하게 된다. 가장 확실한 가능성인 죽음은 내가 추구했던 것의 무의미함을 깨닫게 하고, 집착했던 것을 버리게 하고, 세상의 가치가 무상하고 덧없음을 느끼게 한다.

삶과 죽음에 대한 본질은 탄생에서 죽음에 이르기까지 주체적인 삶을 살기 위한 자신의 본래적인 참된 자아, 자기의 자리를 세계와 사물 사이에서 발견하게 된다. 결국에는 지구 한 바퀴 돌아 돌아온 이 자리가 바로 내가 앉은 이 자리였다. 귀향과 떠돎을 반복하는 이 자리가 다시 아득해지기도 했다.

자, 이제 깨어나 당신의 참된 자아로 돌아오라. 잠에서 깨어나라. 그리하여 당신을 괴롭혔던 것은 꿈이었다는 사실을 깨달으라. 당신이 꿈 속의 것을 본 것처럼, 이제 당신의 깨어 있는 눈에 비치는 참모습을 보라. - 아우렐리우스 『명상록』

나는 새벽에 일어나 아우렐리우스의 『명상록』을 읽으며 나를 일으켜 세우고 있었다. 삶은 계속되어지는 것. 생의 의미를 다시 찾고, 허무감과 무상감을 벗어날 때 우리는 불안을 극복하고 세계의 사물을 기쁨과 경이로 보게 된다.

일상의 고요 속에서 권태와 두려움과 분노가 운무처럼 사라져 가고 있음을 느낄 때, 자연은

모든 것들을 포용하며 감싸고 있었다. 들판의 나무들, 풀들, 돌들, 바람들은 제 존재를 드러내 보이면서 단순히 있을 뿐이었다. 모든 것을 떠받들고 감싸는 어머니로서의 대지에 안겨서. 이름 지어진 것에도 연연하지 않았다. 허무주의에 빠지지 않고 강인한 삶을 영위해야 할 것이므로 삶은 죽음보다 강한 것이다. 가망 없을 때 찾아드는 소망은, 그렇게 인간 존재는 근원적으로 자유의 존재이도록 운명 지워진 존재였다. 그리고 사랑은 인간의 존엄성을 회복하는 유일한 길이다. 사랑은 또한 책임의 다른 말이다. 행복은 미래의 선택이 아니라 지금 이 순간 태양 아래서 누리는 것이다.

여기 실린 시는 두 번째 시집 『절벽 위의 붉은 흙』(2002, 문학수첩)과 같은 시기에 쓰여진 시들이다. 그러나 두 번째 시집을 상재하고, 한 권의 소설 『나는 내일이면 이 남자를 떠날 것이다』(2012, 문학사상)이 쓰여지기까지 품고 있던, 유난히 애정이 가는 시들이다. 이제 이 시들과 이별을 준비한다.

사유는 순간 속에서 피사체를, 사물을 새롭게 열어 제친다. 텅빔과 정적 속에서 무의미가 의미로, 허무와 무상감이 경이로움과 아름다움으로 다가온다. 그때 보게 되는 아름다움은 이성과 감성, 그리고 영혼까지 하나가 되어 발견하게 되는 것이다. 사진 한 컷은 그때 완성되는 그 무엇이다. 이 책에 실린 사진들은 도덕적이고 윤리적인 것을 생각하지 않고, 무無와 자유의 지평조차 떠올리지 않으며, 지극히 단순함 속에서 아름다움을 느끼며 마주하는 자연에 셔터를 눌렀다.

첫 번째 포토포엠 『그곳에 내 집이 있었네』(2002, 눈빛)에 이어, 이 사진과 시들을 떠나보낼 수 있도록 해주신 눈빛출판사 이규상 사장님께 감사의 말씀을 드린다. 변함없는 사람과 자연이 있다는 것에 일말의 위로를 받으며.

2015. 10.
방배동 시원당始園堂에서
이옥진

차례

불문율의 숲에

몸을 누이다

불문율의 숲에 몸을 누이다

★ 신성의 별 23

생명의 계절에 무모하게 거세되는 숲
나는 불문율의 숲에 몸을 누인다
암호의 계단 위에 풍요로운
숲에서는 사내들의 도끼질이 길 없는 사막을 뚫는다
축제를 통해 하나가 되는 사람들
그들이 얻고자 함은 모래땅에 가시풀 심으며
문명이 비껴 간 자리,
춤으로 경배 드리는 이 땅의 두려움

나무들이 구멍 숭숭 뚫리는 숲에서는
끝없는 패배자가 부스러기로 널려 있다
보이지 않는 숨은 그림 무심한 고양이가
벽을 넘나들며 저항으로 자유의 깃대 꽂는다
마음이 가는 곳 추억이 되지 않는 숲의 자궁
나는 신성한 숲에서 몸을 일으킨다
이 생生을 사랑하는 것이 내 어머니, 고향에
다다르기 위함이리라

길을 나서서 암호의 계단을 내려서는 줄,
길을 오르고 있었다
겨울 빈 벌판에 어느새 집 한 채 들어서 있는 것은

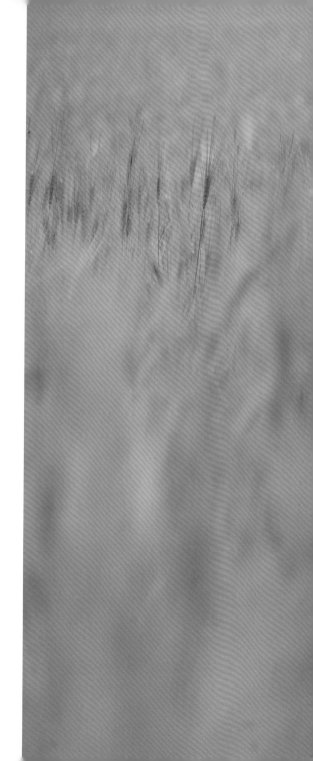

먼 길 나서 그대에 가 닿을 수 있음이

먼 길 나서 그대에 가 닿을 수 있음이

하늘이 땅이 되고 땅이 하늘이 되듯 지축을 흔들던
산수유 노란 꽃으로 뒤챌 때 천둥 우레는 멈추지 않았다

몸속에 갇혀 돌던 불길 광기는 홀로 타는 불
고치를 벗어나 나비가 되기를 원했다
몸 마저 회전 불길 돌리며

　심층 물속. 한세상 광휘 사라지고 가라앉은, 부서진 목선
그 앞에 헌화 묻히는 기억의 뼈대에 붙어 죽은 산호 침묵으
로 견디어 낸 심해 바닥을 차고 올라 물 밖으로 얼굴 내밀
어 긴 호흡 휘파람 그대 다시 빈 집 철없어 떨어지지 못한
이파리, 떨어져라! 들판은 들판의 자유 몸은 몸속에서 자유
로운 너, 나, 그대 나는 나의 몸속에서 불꽃을 피워 올린다
나의 새는 홀로 울며 내게로 온다 실꾸러미 푸는 세월 언
강이 몸푸는 시간 세계의 도처에서 더디게 잎 피우는 싹이
꽃을 피우리라

　단단한 껍질 속 너는 고요히 앉는다 맑은 눈을 닦으며

하늘을 향할 때 날개를 갈구하노니
날개는 허물어진 몸에 돋는다
삭은 뼈 사이로 짧은 비행은 이내 땅으로 내려앉아야 한다
무선의 전파가 몸을 휘감은 여름의 길목에 차단장치
단단한 몸으로 다시 태어나
죽음을 먹고사는 고요한 정신이 눈을 뜨리라
나의 죽음을 한 잎씩 베어 물며 나비는 생명에 눈을 뜬다

24

광란의 지구, 대지의 사랑도

열망은 이쯤에서 접어야 몸이 가벼워진다
용틀임하던 분노도 스스로 사그러 들어 잠잠한 호수를 이루고
성난 갈기로 솟구치던 말도 이제 고요히 침묵 속에 묻힌다
차가운 여름이 지나가야 따뜻한 겨울이 오는,
뜨거운 가슴 조용히 불 지피는 대지의 깊은 사연
수많은 사람들이 발붙이고 사는 지구의 사랑이다

삶과 죽음의 공존하는 산山
능선과 능선을 넘는 산행山行은 삶이 그러하듯 그늘은 적고
암벽을 오르다 보면 폐허의 성벽 위에도 초록 풀잎들
멀리서 바라보기만 할 때 넘기가 아득하던 능선
능선과 능선을 따라 걷다 보면
숨이 차던 고갯마루 이내 저만치 낮은 산봉우리일 뿐
우리들은 선자先者들이 피와 땀으로 쌓은
지금 폐허의 성벽 위 담쟁이 덩굴이었다
훗날 시간의 풍화로 귀퉁이 무너져 내리는
성곽의 쓸쓸함을 모르지는 않았다

열망은 이쯤에서 접어야 몸이 가벼워진다
삶과 죽음 사이에 목이 부러진 바이올린
열정은 표출되지 않은 분화구 속이 뜨겁다
능선과 능선을 가볍게 넘는 새 한 마리
이따금 낙엽이 모이는 계곡 사이로 부는 광기의 바람에
팔딱거리는 가슴 진정시키기도 할 것이다
솟구치는 정열은 이내 식은 재가되어 검은 비로 내려
새의 속 깃털까지 적신다

땅을 지키기 위해 창과 칼을 들고 아우성치던 장군과 병정들의
흔적이 없는 폐허의 성곽
담쟁이 덩굴들은 기어오르기만 하는 것이 아니니라
영원한 하늘의 묵언
겸손하게 덩굴손으로 허공을 더듬을 때 들리는
병정들의 환호가 듣고 싶은 것일 게다
담쟁이는 오늘도 덩굴손을 뻗으며 가을볕에 붉게 물든다

아뉴스 데이

★ 신성의 별 20

Agnus Dei, qui tollis peccata mundi
세상의 죄를 없애 주시는 천주의 어린양

바람은 벽에 부딪힐 뿐 갈 길을 멈추지 않는다 산허리 돌아 지상으로부터 피어오르던 안개 어제 내린 비로 오늘 안개 지워졌다 해도 내일 또 다시 산모롱이 돌아 피어오르는 안개 목소리에도 무너져 내리는 벼랑이 있다 영혼의 주파수 공명은 얼어 있던 빙벽에 닿아 수평선 쪽으로 금이 가는 빙산 들끓는 바다에 떨어진다

검은 장대비 속을 부유浮游하며 슬픔 속을 떠돌던 차가운 상념 눈을 감으면 다가오는, 우주 공간을 떠돌던 흰 춤사위 눈을 뜨고 있어 은둔자隱遁者의 광야 속으로 숲으로 새는 침묵한다 햇볕이 닿아 빛나는 유리파편의 순간 짧아 태양도 이 우주 속의 항성일 뿐 지진을 일으키며 폭풍을 일으키며 몸 바꾸기를 꿈꾸던, 나의 바다는 고요한 방죽 위에 있다

하늘 위를 떠다니는 배는 침몰하지 않는다 머무르지도 않는다 이유 없이 떠돌던 낮을 묻어 버리고 새들은 밤을 향해 포격한다 들끓는 말의 떼들 우리는 백지 위를 부유浮游하였다 평화로운 삶이 욕망의 바다를 건널 때 거친 풍랑 바람이 잠이 들면 절벽이 있는 한 바다 그대를 애초의 원함이었을 고요한 속에 놓아둔다

dona nobis pacem
우리에게 평안을 주소서

미혹의 땅

검은 안개 속으로 사라지는 먼 그림자 보이지 않는 시간의 긴 자락을 끌고 계단을 오른 것은 계단의 먼지 긴 코트 자락으로 쓸어 곰삭은 냄새, 곰팡이 옷자락에 묻혀 떠나지 못하는 미련의 땅 하얀 안개 짙어 온통 희뿌연 세상을 걸으며 끝없이 걷고 있는 검은 그림자 기댈 희망마저 산산조각, 한 방울 눈물의 의미보다 못할 버팅긴 긴 세월 황폐한 겨울 빈 벌판에 던져진 퍼즐의 얼굴 조각 허물어진, 튕겨 나간 너의 생生 나의 생生 마음조각들 침묵으로 다시 짜 맞추는 중심에 콧대를 끼운다

중심은 해체되어 방방곡곡 튕겨 나간 것은 아니다 보이지 않는 마음자리 내륙으로 도달하기 위해 우회도로 먼 길을 돌고 돌아 집으로 다다르기 위해 냉각되는 사념思念 딱딱해지는 발바닥 내가 새긴 문신만 읽는다 내가 읽은 책장을 펼친다 쉼 없는 땅의 단단한 바위에 새겨진 보랏빛 꽃무늬 풍화를 견디는, 도취된 길의 환幻마저 깨고 나면 허공을 배경으로 덩그마니 빈 의자 난파된 뗏목 위의 절규 살아 있는 자들은 찢어진 붉은 천을 흔들며 또 다시 희망에게 손짓하리라 내륙으로 도달하기 위해 다시 파도가 도도해지면 우리는 바다에 목선을 띄우리라 격랑의 바다를 잊고 잊혀진 만큼 유유히 희망은 저렇듯 도달하지 못할 작은 배

마태 수난곡

― 사람이여 네 죄가 큼을 탄식하라

그대 흐느끼며 제자리 찾는, 당신은 정박한다

(내 속의 당신을 찾아 아니 당신이 나를 찾아 헤매었는
지도 쓰레기통이 피안? 내 몸이 피안? 다만 던져 버리지
못하는 목숨이 음파작용으로 우주 한 궤도를 돌아)

무한의 자유가 부풀리며 작은 몸 안에서 무^無의 길을 만
든다

완만한 굴곡과 열대 해안선을 그리며

그대 다시 깊은 어둠 속에 또한 산맥 넘어

뒤편 어둠 계단을 오른다

모든 길이 사라지는 거리에서

그대 앞에 나는 무릎을 꿇는다

그대와 나 사이에 사막 하나 둔다

너와 나 사이에 타클라마칸 사막이 놓여 있다 내가 너
에게로 한 발 내딛으면 사막은 밤 사이 모래폭풍, 북쪽으
로 면적을 넓힌다 이제 사막 한가운데 정지하리라 모래
바람이 몸을 덮쳐와 무릎을 꿇게 해도 입을 열지 않으리

라 모래가 목까지 차올라 간신히 숨구멍을 남겨 두면 그
때 말하리라 너와 나 사이에 사막이 있다

내가 사막을 열어 보이면
너는 사막의 화사함을 읽는다
너와 나 사이에 또 다른 사막이 있다

싱싱한 해초 사라지고 풀 없는 바위

검푸른 바다 밑 석회질로 덮이는 세월

살아 있는 신화 너, 별

★ 신성의 별 21

마음이 천창天窓을 뚫고 우주를 향한다

내면의 분수 무한대 미지의 거리로 솟구친다

삶과 죽음이 따로 없다

생각의 촉수 밤이면 황황히 모여드는 별의 무리

살아 있는 신화 너, 별을 향해 말 문을 연다

저자거리의 묵언 수도 물빛이 그늘을 벗어나

거울 같은 물에 얼굴을 비춘다

수억만 년을 흘러 내려도 시간은 늘 새롭게 태어나고

막힌 숲길 울음으로 지나 먼 바다에서 돌아오는 배

남루한 삶을 따라 흐름은 이어진다

자신의 깊은 바다로 뱃머리 돌리는 사람들

마음으로 가는 서역 천축산天竺山에는 깊은 물웅덩이

열린 마당에서 부르는 우리들의 노래

너를 보내야 내가 자유로울 수 있기에

지나간 시간이여

빈 종이를 정갈하게 펼쳐라

티끌일 내 고향 태초太初의 그 순간, 고향으로

편안하게 돌아가리

모든 사물을 감싸안는 빛과 어둠

그대 진실하고 성스러움이 여명의 길을 걸었다면

그대는 신화가 된다

살아 있는 존재들이 천창天窓을 통해

융화의 길을 떠난다

자작나무숲에 고요가 하얗게 누워 있다

★ 신성의 별 1

자작나무 숲에 고요가 하얗게 누워 있다

끝없이 펼쳐지는 동토에 해는 지고

눈 덮인 산들은 조용한 흰 면각을 드러낸다

사선으로 비추던 태양 빛은 이미 저물었다

산山 아래 어둠을 뚫고 작은 마을의 불빛이 별처럼 빛나고

동토에 뿌리내리고 사는 삶도

하나의 가벼운 깃털로 왔다가 사라져 가는 삶이라고

언 땅 아래 곤두박질쳐 두 눈만 껌벅거리는 네가 보였다

거룩하여 푸른 하늘 한가운데 밤낮으로 빛나던

지고지순至高至純의 얼굴에 진흙이 묻었다

하얀 무명 수건으로 흙을 닦고 거울 같이 닦아내며

안개 걷힌 내일을 산다면

동토에 뿌리내린 자작나무도 그리움 찾고

그 빛이 하늘에 닿아 거두어 주시리라

오늘에 깊은 뿌리내려 붙박이의 한 그루 나무 되게 하시리라

새벽의 신성한 별이 뜨면

지상의 양식

★ 신성의 별 25

바다를 닮은 사람들 새벽을 맞고 있다
원시의 어둠 인간의 앞을 가로막는
신비탈 요새
고단한 삶이 눈부시게 겨울 산자락
흰 눈으로 덮이는 지상의 양식

죽음처럼 고요하던 말을 아껴
험한 골짜기 금빛 항아리 지고 무거운 발걸음으로
오르던 황량한 산뫼
마음에 자리하던 커다란 바위도
이제 세월에 풍화되어 모래바람. 문명의 그림자
길 없는 사막에 작은 모래알로 흩뿌려진다

한 마리 새가 새로써 태어나
이 생生을 사랑하는 유일한 존재의 흔적
원시의 대지에 흰 먼지로 침식되고
가까이 다가가 보면 욕망으로 얼룩지고
멀리서 바라보던 산뫼이 아름답다

나는 너를 부르지 않으리

시작은 떨림으로 와 질퍽거리는 길
새가 무심히 날아가는 길이 길
길이 아닌 곳에 서성거리지 말아라
서슬 푸른 삶이 끝나가는 예측의 땅
지평선에 다시 아지랑이 어른거리리라
소멸의 땅 풀포기 돋아나 관목숲을 이루어도
우측! 길을 일러주는
도시의 북쪽역에 도달한다
최후의 세계는 커다란 원을 그리며 돈다

레퀴엠

★ 신성의 별 19

문풍지 저 혼자 파르르 떨던 집 그 겨울이 따뜻한 벽난
로가 있던, 사철 푸른 정원. 손바닥 뒤집듯 몸을 뒤집는
미루나무 얄팍한 그늘 조막만 한 잎들이 커지는 여름이
오기도 전에 겨울을 거쳐 가야 할 먼 길이 보인다

낯선 곳에서 별은 뜨지 않는다
절벽 위에도 없는 안식을
죽음의 커튼 걷고 그 자리에 있는
부드럽고 평안한 머리 위의 둥지, 나의 안식처
안간힘으로 어둠을 기어오르던 별의 무릎은
상처투성이 부러지고 닳은 손톱
깜깜한 절벽의 어둠에 당도해 비로소 맑은 웃음으로 붙
박힌다

길에는 숱한 가로등 다시 그리움을 매달고 보이는 것은
각자의 눈금으로
미련하게 재는 각도. 진실은 보이지 않는 유희의 글자
사이에 뼈 사이에 괴이지 않는다 날씨는 상관없고 바라보
는 눈빛을 굴절시키는 프리즘 꺾을 수 있다 세상에서 가
장 작은 가지 가지마다 꺾으며 소리로 눈뜨는, 먼 길이 보
인다는 것은 웃을 수 있는 여유 마음을 뒤집는 습관으로
행간을 채우는 백지

단 한번의 아름다운 죽음을 향하여
그대여 따뜻하게 잡은 손 놓지마라
산을 오르며 내내 놓이지 않는 손을 기억하라
짙은 그늘 변함없이 내리쬐는 태양
수천 갈래의 불꽃 재를 끌어안는다
믿음은 믿음으로 완성되는
우리의 길을 다시 첫걸음 내딛는
문풍지 저 혼자 파르르 떨던 집에서

구원과 그 이후

★ 신성의 별 28

지난 여름 풀벌레 울음소리 요란했다

빠른 발걸음은 지구의 궤도를 따라 돌고
출발지 떠나 다시 출발점에 다다를 줄,
하얀 곰팡이 덮어쓴 시간
완강하던 손아귀
(잠시 머뭇거리며 머물고도 싶은 숲 속의 방)
느슨해지는 내면의 겨울
끝내 아무런 흔적도 남기지 않을
곰팡이 포자로 날릴, 시간이 재촉하던 발자국 소리만
귓전에 남아 있을 뿐
좁은 통로를 통해 검은 무덤을 헤쳐 나오는
내가 이미 읽은 구원과 그 이후
슬픔을 위해 남아 있던 풀벌레의 투명한 허물도
바스러져 먼지가 되어 지구 궤도를 떠돈다

무덤을 빠져 나오면 흰 눈이 덮여 있는 무덤이 보인다
햇살이 다시 녹여 줄 머나먼 죽음

따뜻한 심상(心象), 그러나 겨울
내가 하고 싶은 마지막 말 한마디였는지도 모른다
햇살 그득한 방 끊임없이 펄럭이는 흰 무명천
지금 풀벌레 형체는 없고 울음소리만
귓전에 남아 바람 불지 않는 방을 억압한다
그마저 떨켜 털어 버리면 구원과 그 이후

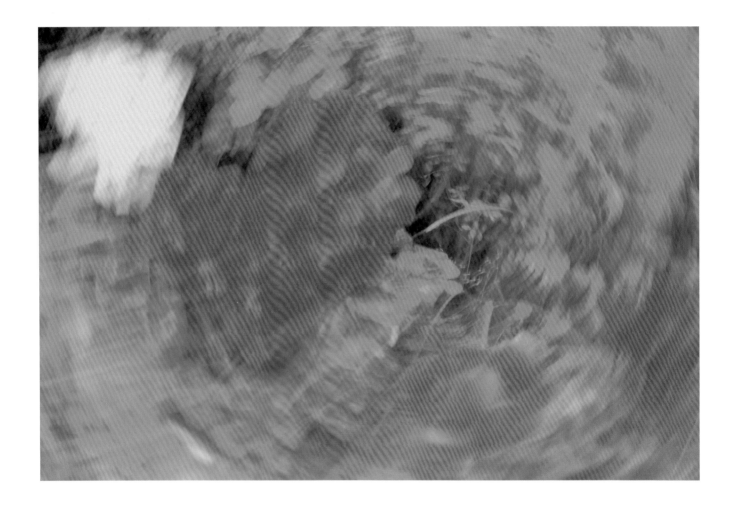

봄의 신앙

꿈꾸지 않기 위해 날아 오른 내 날개는 바다
다시 바다에, 땅에 안주한다
기나긴 슬픈 여정은 말문을 닫고 불길 속 뒹굴던,
나는 비로소 노래한다 사랑이여 꿈이여 재여
재의 더미 위에서 나는 이제까지의 나의 노래가
노래가 아니라 탄식이었음을
땅을 다지고 디디며 무덤의 흙을 파며 사는 땅강아지
땅강아지 날개보다 큰 날개를 원했음을
불꽃을 짓밟아 버린 후의 고통이여 허물이여
허망으로 뼈 속까지 뚫려 버린 나는 이제
피리가 되리라
그대여 우리 저 산 가까이 날아 보자
두터운 벽처럼 다가오던 밤의 태양
저항의 살 속으로 무수히 날아들던 적의의 화살
농부처럼 두터운 손이 신(神)도 떠났던 땅을 일구어
굳굳한 싹을 틔웠다 신(神)도 돌아오고 있는,
너의 손은 믿음직스러웠다

추위에 얼어버린 꽃, 나무는 다시 꿈을 꾸지 않아도
환원의 계절에 흰 꽃을 피우리라
홀로 바라보는 도시의 새벽은 고요하다
애초 바다에는 경계가 없었다

안식의 땅
★ 신성의 별 29

내 속의 뿌리깊은 돌부리에 채이어 넘어지다 일어서는,

바람에 흔들리던 나무 벗겨지는 먹구름 하늘이 개이는
가 잠시 후두둑 후두둑 지는 하느님 눈물 드러나는 아파
트 실루엣 다시 비구름에 캄캄한 세월 네 집이 어디니 지
상에 없는 고향 더듬지 마라 비도 포도 위에서 머리 부딪
히며 물결 이룬다 더는 출렁이지 마라 무념무상無念無想의
저수지 고요 속 평안 먹구름 지나간 하늘, 번개 큰 창을
흘러내리는 너의 눈물 늘 시작의 가슴 떨림으로 잎 큰 나
무의 그늘에서 멈추지 않는 영혼의 시린 발걸음 오늘도
바다를 바라보며 벼랑에 선다

바다오리는 이쪽에서 저쪽으로 건너고서야 몸의 물방
울을 턴다
납의 무게로 심상을 내려 누르던
무겁던 경계조차 가볍다
손바닥 위에 올려 제단에 바쳐야 할 길을 발견한다
비애는 젖은 이끼 위에 이슬로 맺히고 이슬방울은 흘러

가게 둔다

천상天上의 대지大地 헤매는 별들 다다르는 안식安息의 땅
나의 헐어버린 지혜 새로 빨아 다린 흰옷
낮의 흰 초생달 위에 걸려 있다

황량한 벌판, 자유로운 별
★ 신성의 별 18

태초^{太初}의 고요 속에 뿌리 뻗는 마른 풀 포기

다시 돌아가지 않을 수 없는 고원지대

모래 폭풍이 침묵의 몸에 엉긴다

산너머 멀리서 빛나는 새벽 별

희미한 불빛은 신성을 회복한다

당당하게 어두운 계곡을 내려서는 계단

오랫동안의 피 흘림 이제 문을 닫는다

어둠의 길을 뚫어 시간을 잃어버린 별자리의 운행

제 궤도를 벗어나 자유로운 별 없고

황량한 벌판의 목동은 누구의 손도 잡지 않는다

밀짚을 태우며 무거운 어깨 짐을 지고 오르던

대협곡에 사라지는 물의 자취

지상의 모든 것 알고 보면 모두 사소해 먼지가 되는 것을

그림자는 한 궤도를 돌아 제자리 찾고

우리는 말의 자식들

말로써 묶인 사슬의 소용돌이

말로써 풀어 마음껏 말하리라

흐르는 큰 강물 줄기에 대하여

잔설^{殘雪}이 남아 뿌리를 적시던 마른 풀 포기

절망하지 않는다

눈 녹아 내리는 물에 손 씻으며

지나간 시간 풀피리에 실어 묵묵히 나르면

생명체의 원초적 슬픔은 석별의 정을 나누지 않는다

대지^{大地} 위에서는 지금, 나무가

고뇌의 나뭇잎 지우고 흙이 되고

또한 하늘의 뜻이 숨은, 겨울 눈^雪을 준비한다

우리는 이렇게 일어서고 있다

첫 새벽, 하늘의 별 하나와 십자가 겨울의 심상, 불모⁺⁺의 땅 위 칼날 같은 풀잎 위에서 춤을 추며 경배, 바람의 선택 더운 공기 서서 타는 생나무 붉은 불꽃 상승기류 타다 얼음이 된다 기다림의 완성을 꿈꾸던… 도망자

나는 녹슨 의자와 여름의 풀 포기를 보고 집으로 돌아와 하늘에 맹세는 하지 않아도 지상의 약속은 비가 쏟아져 내려도 허락된 목숨, 약속의 장소를 향한다

일직선의 돌계단을 밟아 오르면 푸르고 긴 방죽이 말없이 산⼭에 뿌리 닿아 있어 우리는 하늘 받쳐든 단단한 목숨이 된다 비 내리는 저수지 태초의 고요가 중심을 잡고 서 있어 사방으로 팔 벌린 넉넉한 품 우리는 태초의 존재가 된다 내 속의 그대 다시 눈을 뜬다 우호 관계로 연결되어 단순성으로 그대를 추종하던, 육체의 언어를 듣던 나는 침몰한다 너를 죽여라

사물들이 제자리 찾는, 치워진 식탁 옆에 가만히 등을 대고 누우면 유년의 눈물 젖은 눈매 그대 나를 마셔라

슬픔이 내 무게였음으로 우리를 하나 되게 했음을 순수하고 정결한 긴 머리카락 흰옷의 아름다운 아이 그녀의 손이 이끄는 대로 그녀는 그녀의 집으로 들어선다

욕망의 끈을 자른다 우리가 녹슨 의자로부터 무엇을 기억해 낼 것인가

그녀의 바다에 섬 하나 떠 있어 어두운 밤에도 잠들지 못하던 풀잎, 척박한 지상에 뿌리내리고 있어 덧없이 사라져 가는 여름을 맞이한다 당신에게로 향하는

초대의 땅

하얀 태양, 태양이 사라진 빈자리? 무릎 꿇고 불사르
는, 어느덧 사슬을 벗어나 있는 새가 떠난 나뭇가지 작은
흔들림. 서걱이는 빈 벌판 한 줄기 메마른 들풀로 살아갈
빈땅에 가득 차 오르는 태양의 빈자리 하얀 태양의 빛 성
역 둘레 풀밭에 누구의 발자국 초대장을 쓰지 않았다

노을에 물들지 않고 노을을 바라볼 수 있는 투과성의
몸. 바람 불어와 티끌을 남기지 않는 그물의 몸 흔적 하나
남기지 않는 기억 낮과 밤의 경계 없이 뜨는 하얀 태양 눈
이 멀었나? 너를 죽여야 내가 사는 줄, 어제까지의 어리
석음을 결별하고 너는 너 나는 나 그리고 우리 내가 손 내
밀어 너에게 무도회의 권유

지상의 바다

장엄하던 낙조 지고 나면 어둠에 갇혀 잠들던 바다

수줍음의 아침 해 떠오르며

어제와 결코 다르지 않을 항구의 풍광들

이른 아침 조용한 바다에 잔물결 일으키며

여객선 뒷모습으로 어느 섬을 찾아 떠나고 있다

부둣가에 서서 목숨 다할 때까지 항해할

배가 남기는 잠시 동안의 물무늬 지켜본다

생±의 자취는 철조망 경계 너머로 보이는 갯벌처럼

물길이 와 닿는 시간을 견디고 있다

외따로 떨어져 있는 섬

삶과 죽음이 맞닿아 있듯

보이지 않는 물밑으로 육지와 바다의 바닥이 이어져 있음을

이제 철조망에 걸려 있는 초록 비닐만 흔들릴 뿐

내가 가 닿는 이 바다는 바람이 불지 않는다

그토록 우리가 가 닿으려던 땅 위 고즈넉한 발걸음

낮은 물무늬 지는 갯벌과 잔잔한 파도 위를 나는

흰 새들의 무리 욕망의 비늘 벗었을까

살아 있음으로 이제 내가 서 있는 길 위에서

철조망 사이로 물오리떼 한가로운 아침 유영을 바라보며

폐허의 기억들을 감싸며 경계를 넘어 흘러가야 할

저 길

저문 강

살며시 눈 감으면
벼랑 끝에서 조용히 일으키는 손짓으로
가을의 풍요가 강물 하나
불러 세운다
환하게 서서 길을 재촉하는
비록 날은 저물어 흐릿해도
불 밝혀 치켜들던 강 건너 등불

길 따라 배를 저어
먼 빛으로 일렁이는 물빛을 보았으니
지나온 시간 흘러가면 그 빛에도
오래 젖어
세상의 시계는 길 위에서 소리 죽여
나의 시간으로 흐른다
가슴속으로 잔잔히 흐르는 강물이 된다

생애의 의지, 그 죽음의 변주곡

새롭게 샘솟는 시간이 아직 조금 남아 있으므로 후회하지 않는다
이 땅에 생生의 푸른 깃대 꽂기 위해
뼈아프던 시간도 검은 지층으로 빠져나갔고
다가올 시간도 검은 자궁으로부터 솟아오른다 해도
강물이 앞으로 흘러 나아가듯 생명이 있는 한
주저하지 않고 나아가리라

생애, 저만치 거리를 두고 욕망을 지우며
잔혹한 시간을 두어 줌 꺼내어
내 삶의 반석 위에 올리리니 시간이여 펼쳐라
내 생애의 의지, 그 죽음의 변주곡

새들은 어디서든 노래한다
귀뺨이 흰 박새 몇 마리 봄의 유희
무수한 꽃들에 벌 나비떼 찾아들고
수많은 길 중 하나의 길 그 끝머리 골목을 빠져 나올 때
무극無極,
우리들은 바다에 가 닿고 싶었다

산소호흡기도 없이 심호흡으로 앞서가는 자가 내뿜는 물방울을 쫓아 물밑 자맥질, 산소호흡기가 없음을 알아버린 후 돌아 나오지 않고 심해에 닿을 때까지 숨이 차오르기 시작했지 노란 현기증 죽음은 말 없이 검은 큰 입을 벌리고 있었다 황량하고 차가운 물살, 생애의 의지, 그 죽음의 변주곡

하늘로 향하는 사닥다리 그 위에 내 집이 있었네 유년의 기억은 세계에 촉수를 걸쳐 놓고 오늘의 지상 위를 차가운 이마로 걷게 하고 살아가야 할 이정표를 저만치 멀리 세워 수도 없이 무릎 꺾고 잿가루 날리는 회심灰心의 연못 위에 스스로 세우는 생애의 의지, 그 죽음의 변주곡

시간은 검은 자궁으로부터 솟아오르는 벌거숭이. 삶의 반석 위에 푸른 깃대 펄럭일 때 뼈와 살을 가루로 흩뿌리는 날 비로소 새는 노래하리니 아직 시간은 남아 있어 주저하지 않고 흐르는 강물 우리들은 바다에 가 닿고 싶었다 검은 시간은 날개 깃을 펼쳐도 검은 땅으로 잦아들고 하나의 목숨 스스로 가지에 매달아 회한의 땅에 붙박힌다

태양을 먹은 새

　　태양을 향해 짧은 날개 파닥이던 새, 하얀 절벽에 서서 나에게 너를 담고 손을 뻗쳐 태양을 삼킨다 목구멍 지나 뱃속을 훤히 밝히는, 그림자가 없네 그림자도 끌지 않네 빛으로 보지도 마 머뭇거리지 않네 나아갈 방향이 없다고? 내가 오르고 있네 서서히 스스로 개 같은 진흙 밑바닥을 차고 오르기도 하고 추락, 개 같은 뻘에도 스스로 내려앉기도 하지 어둔 밤의 기억들로부터 유리벽을 깨고 청명한 날로 날아오르지 살아가야 할 땅, 딱딱한 가죽 신발은 짧은 거리에도 발가락에 상처를 남긴다

　　보여지는 나 제 멋대로 보는, 태양을 삼킨 새 내장이 훤히 보일꺼야 투명하게 오장육부가 어디에 있는지 바로 읽으렴 유년의 기억, 그후 경계밖에 있던 분노. 발자국이 물방울의 흔적이라면 티없는 삶의 유적을 노래하지 않으리 희망 없이 태양을 먹은 새 태양이 내 뱃속에 있으므로 태양은 내게 더 이상 없다 혼자 오르고 내리고 너에 대한 굳은 믿음 대걸레 들고 거울 위를 걷고 있네 절망을 천천히 삼켜 제 생(生)을 이끄는 엄격한

거울 속의 겨울

목구멍 속에서 솟아오르지 않는 달. 사방은 아직 깜깜하고 빛은 내 속에 머문다 얼음의 빙벽 불화살도 통과하지 못하는, 내 노래 대지^{大地}의 노래 툰드라 지대에 뼛속까지 찬바람 살 속에 갇히지 않는 너와 나 손가락 끝에서 발가락 끝까지 마주 잡고 다시 일어서야 할

파가니니풍의 왈츠로 물방울 솟구칠 때 지평선 위로 떠오르던 태양 아픔이 없는 바다는 없다 아직 비탄에 잠겨 잔혹의 문틀에 앉아 검은 티끌 손가락으로 튕기는, 얼굴의 상처 딱지 손톱으로 다시 떼내어 피 흘리며 우주를 삼킨다 별도 삼킨다

광선은 미세하고 유빙^{流氷}을 뚫고 비치리라 극한의 대기에서 솟아오르는 수천 마리 짐승의 포효. 울음에 물길이 열리리라 다시 희망이 있다는 듯 물방울 깎아지른 바위 절벽을 손톱으로 기어오르리라 흰옷 벗고 푸른 외투 입은 바다 오리떼는 육지를 향하리라 여행은 끝나리라 머리끝에서 발가락 끝까지. 왼손 끝에서 오른손 끝까지 파도로 출렁이던 내 몸속 절벽까지 핏빛으로 오르다 눈물진 절벽 끝에서 내가 몸을 버릴 때 하얀 하늘과 하얀 땅 사이 우리는 서 있었네 서 있었네

유년의 잠

내가 유일하게 깃들 곳 그대뿐, 한때 슬픔이었다 지금
그대의
  겨드랑이로 파고드는 내 영혼
  편안하다 이제 방황을 멈추리라

  태양이 새 아침을 예고하며 솟아오르고 한 여성이기이
전, 한 사람으로 깊은 잠에서 깨어난다 살얼음의 잠은 오
늘이라는 뜨거운 불판 위에 놓여 갈래로 찢어진 신경줄,
오늘 위에 머물지도 못하고 어제도 놓지고 내일도 봉합된
채 가쁜 숨만 몰아 쉬었다 아 유년의 잠 기대가 있던 신선
한 아침, 계단을 몇 걸음에 뛰어 내리면 따사로운 내 어머
니가 웃음으로 맞아 주던 든든하던 땅, 출렁이는 하루가
기다리던

  저 허공을 거쳐 이제야 당도하는, 몸은
  얼음 속의 잠에서 깨어난다 개운하게
  그 구원의 미로(迷路) 황급히 나온다
  고요한 정적 나의 주인이시여

나 그대에게 깃들어 공중(公衆)의 욕망을
풀잎 하나의 입으로 말하고 있다
분열된 종자(從者)들이 하나가 되어
우리 들숨과 날숨도 하나로 쉬는 때

벽을 뚫고 환희에 도달하리라

꿈이 재가 되이 눕기까지 한 세기 흘렀다 혼의 가벼움, 이제 떠오르라 풍차가 돌며 바람을 일으키고, 바람이 불며 풍차를 돌리고 키 큰 바람 이 허리 낮출 때 편안하게 돌아서는 그림자 겨울 철새도 눈물 떨구고 돌아서는, 꿈이 나의 덫인 줄, 꿈을 잃고 나는 편안한 방에 든다

눈물 하나 떼구르 발을 굴려 풀잎 위에 머물다가 공기가 따스해 하늘로 오르고 다가오는 겨울에는 물이 되려고 호숫가로 달려 갈, 꿈의 그림자 붉은 불꽃 상승기류 타다 이내 얼음이 된다 네 모습 내 안에 있다 바람의 선택, 겨울의 심상, 첫 새벽 초승달과 별 하나 서쪽으로 도망간다 죽음 앞의 평등 살ㅊ의 광채 핏방울 떨어뜨리는 땅

무채색의 세계에서 유채색으로 세계로, 배꼽으로부터 들어와 목구멍까지 차 오르는 너 가득차게 한 몸으로 웃음 저 바다 끝까지 출렁거려 보자 유예되는 미래 먼지 없는 도시의 새는 아름다운 깃털 맨발로 길을 걷는다 막막함이 없는 공기 우리가 눈 떠 있는 동안 호수는 잠들지 못한다 이른 아침 품었던 근심은(산봉우리 근엄한 표정) 산자락 물안개로 피어 오르고 맑은 웃음으로 잔잔한 물 내일을 살아

정적이 두 발 뻗고 쉬는 밤, 빗자루 들고 오르는 계단 쓸고 털고 닦아 초록의 싱그러움 텃밭을 만들고 벽을 뚫고 환희에 도달하리라 밤마다 치열한 원자들의 충돌이 태초의 우주를 펼쳐 천 억 개의 별 벽을 뚫고 환희에 도달하리라 삶과 죽음 사이에 평안이 있다

강 건너 도시가 보이지 않는다

하늘 높이 치솟은 첨탑 옆 무엇인가 감지하는 듯
한 마리 새 정지의 날개짓이 애처롭다
우리의 삶에 예감되는 시간이 보도 블록 사이
바람에 실려 가는 검은 비닐로 뒹굴고
보이지 않는 것에 가 닿는 예감
바람 따라 움직이는 검은 비닐로 헤매다 푸르게 눈뜨는,
먼 산을 바라보던 눈이 앞산의 나무들 가지 엮어
숲이 한창 인 붉은 흙 위에 우뚝 선다
산마루에서도 숲이 우거져 강 건너 마을이 보이지 않는다
문득, 장미 꽃봉오리보다 선명하게
물기 오른 가지에 붉은 가시
가시가 숲을 이루어 서 있는 자리 눈을 찔러대고
어느새 은행나무 잎 다 자라 몸을 뒤집도록
눈길 한번 주지 않았구나 어쩔 수 없는 일이다
끊임없이 유예되는 부재不在, 먼 길
땅에 서 있어 체감되는 시간에 울음 섞인 목소리 높이는
새 한 마리

멀리서 굽이져 오던 파도는 바다의 생生이었으니
가지 끝을 오가며 하얀 금줄 쳐진 경계를 넘나드는 새는
입술로 금줄을 치켜 올리며 생生을 달린다
서 있는 자리, 숲을 이루어 그늘을 주리라
새로운 기도로 하루를 여는 한 마리 새
강 건너 사람들이, 땅이 이제 보이지 않는다

낯선 시선은 구속된 나의 절망

지상의 약속은 신작로의 하얀 먼지로 날린다 빙하기 향하는 마을의 골짜기 꽃망울 터트리는 한순간의 염원도 깊은 땅속으로 잦아든다 몸속에서 터지는 무성한 벚꽃의 휘날림 어둠은 굵은 나무를 멀리 세우고, 그대 꽃길 사이로 꽃지게 내려오는 길을 만들었다 골목 모퉁이 꺾어 돌다 뒤돌아보는 푸른 시간 꺾어 돈 길만큼 가지 꺾어 지상의 약속 없이 돌화병에 꽂는

낯선 시선은 구속된 나의 절망 문틈으로 새어나오는 비명 몸속 길을 낳지 않는다 어둠 속 몇몇의 낡은 언어 목을 조우는 슬픔 백지의 침상 위 흰 시트를 늘어뜨린다 땅속 숨죽인 불을 밀어 올리는 새봄 잿더미에 주저앉아 푸른 새잎만 바라보는, 기댈 것이라고는 하나 없는 푸른 새벽을 나서 한 마리 짐승 포효하는 길, 그 길에도 안개는 자욱했다 지상에서 가장 슬픈 약속 목이 메어 새어 나오지도 않는 비명, 삶 미로의 길

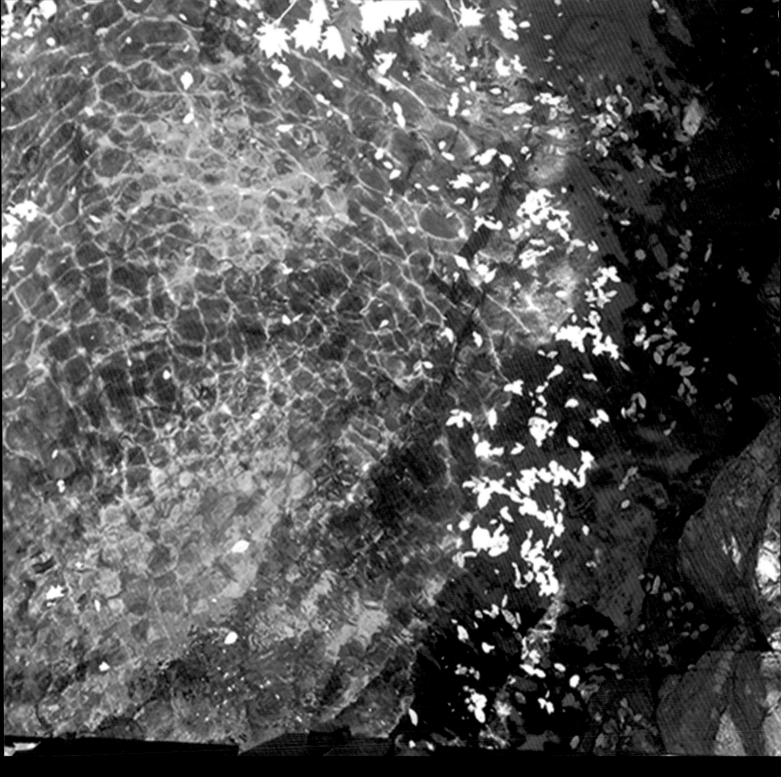

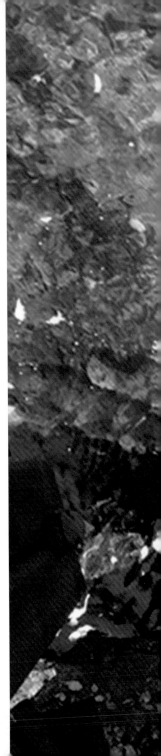

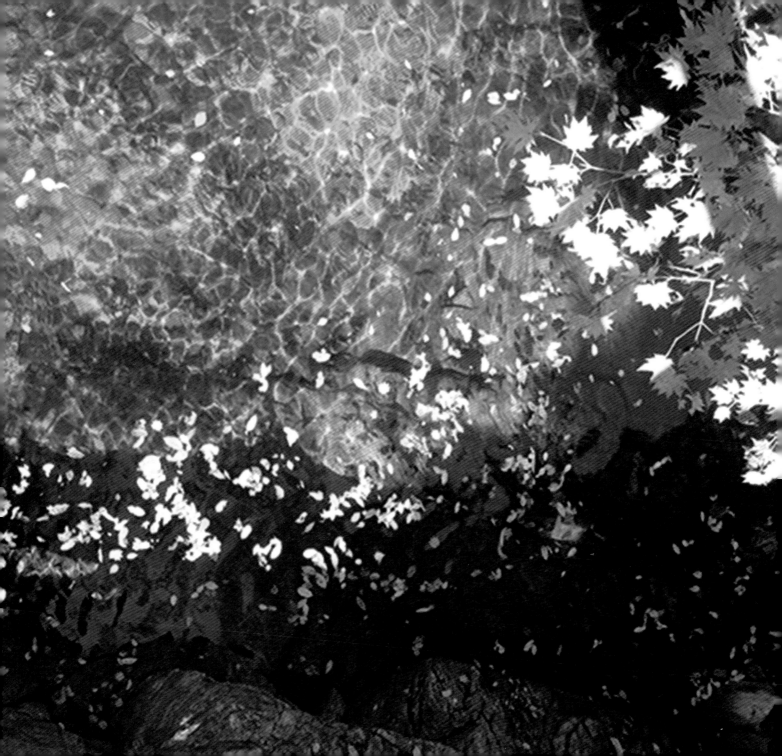

세상에서 가장 위대한 일

★ 신성의 별 24

태양을 훔친다 물방울 솟구친다 깎아지른 유빙의 한 절벽에 닿는다 극점을 향해 핏빛 손톱으로 기어오른다 황량한 얼음벌판 위 혹독한 추위 서역, 죽음의 문을 열고 물길 따라 새 한 마리 날아오른다 산산조각난 희망

내리막길 내 그림자 네 그림자 끌어안고 내려온다 거꾸로 떨어진다 두 다리로 간신히 일어섰지만 등뼈는 아직 등뼈를 곧추 세우기 위해 흰 붕대로 칭칭 감는다 구속은 등뼈를 일으켜 세우리라 절망이 뒷주머니에서 서서히 희망이 된다

세상에서 가장 아름다운 아이들아
너희들에게 전하고 싶은 유산
폐허의 진상을 차마 입 열지 못한다
너희와 하늘의 정복자 사이에 이어줄 다리가 없다
스스로 벗은 허물을 달고 아직 날아오르지 못하는
풀벌레
풀잎의 뼈와 살을 먹어치우며 한 낮을 달릴 뿐

남으로 남으로 이동해도 황무지
사라지지 않는 고뇌의 땅
깃털을 뽑아 발톱을 뽑아 머무르라
그리고 침묵하라 먼 길을
나무들이 스크럼을 짜고 수런거리는 마을
한 시대의 어둠이 너희에게 다가와
앞주머니에서 솟아오를 태양, 희열에 겨워

세상에서 가장 위대한 일 해가 저물면 너의 얼굴을
거울에 비추련 이 에미는 한숨 같은 삶을 사랑했기에
어디선가 한 줄기 이별의 죽음을 슬퍼하지 않고 자유의
몸으로 푸른 초원을 가로지르고 파란 정적의 바다를
풀꽃의 가벼움으로 밟아 오르리라

93

상투스

★ 신성의 별 30

사하라 사막 낙타, 한 방울의 물로 다시 목을 축이고
어린 목동 샘을 찾아 다시 길에 오른다
그 시간을 누구의 입으로 말하랴
우리 긴 밧줄의 끄트머리 떨리는 두 손으로 잡고 당기
는,
떨어지는 검은 먼지 그 부유浮遊의 시간을 네가 말하련

죽음의 공포가 단풍 든 잎으로 노을 앞에 무너져 내리
거든
교회의 종소리 영원한 안식 앞에 무릎을 꿇어도 보리라

별리別離가 한 줄기 희망의 빛으로 따스한 것은
거룩하다 거룩하다 자신의 별에 귀향하는

너와 나는 떠도는 항성일 뿐
별도 서로 거리가 있어 붙박혀 빛을 발한다 빈 껍데기
의 말들을 내가 내 머리 위로 쏟아붓는다 우리는 말의 부
질없음을 알고 있었기에 죽음의 나라를 말없이 헤메었고
다시 이글대는 유년 속으로 꿈으로 희망으로 펼치는 축제

의 이 땅, 긴 강

주어도 모자라는, 손 벌려 받아도 또한 모자라는 천상
의 별빛, 몸이 사라졌다 다시 살아나 듯 어린 목동은 필요
한 존재로 길들여진다 내가 아득히 달려 가야하는 강변의
밤길 광대한 것은 가마득한 먼 길 위에 어느새 생명의 불
빛이

별들이 어깨를 스치우며 쏟아져 내린다 마음은 배꼽 밑
가장자리 정신은 뼈대를 꼿꼿이 세우고 긴 화랑 너의 우
주는 내 몸속 깊고 푸른 드넓은 공간 흑백의 적요寂寥 마음
의 평정 너를 찾아 떠돌던 걸음 발걸음 멈추어 서야 제자
리 제자리에서 너의 자리가 보인다

이것이 여행의 끝이라고 보지는 않는다 고요 속 밀려오
는 파도 소리 내 속에 한 숨결 이루어 나를 이끌고 솟구치
는 뼈 하나 정수리에 선다 등줄기 곧추 세우고 나를 지켜
보시는 이 그 시선은 하늘로 이끄는 차고 부드러운 눈매
광휘의 새봄

97

태양을 향해 서 있는 나무

★ 신성의 별 6

저 먼 곳에 차 한 대가 제가 켜논

헤드라이트를 밟으며

빙판길의 언덕길을 힘겹게 오른다

바라보는 마음의 계곡 사이에 두려운 눈바람 불어

시야를 가리고

결빙된 우리들의 길에

정체되는 차들의 행렬처럼 쌓이는 말들은

꺾이지 않는 두 세계 사이에 놓여 있다

긴 터널을 지나는 동안

머언 가로등은 불 밝히고 졸리운 두 눈을 비비며

지루한 기다림의 인사를 건넨다

헐벗은 겨울나무는 소리 없이 내리는 눈을 머리까지 쓰고

비탈에 서 있다 그래도

지속되는 승리는 가슴으로만 얻을 수 있다는 듯

태양을 향해 곧게 서 있을 뿐,

세차게 몰아치는 눈보라에

눈 내리지 않아 무경계 지역에 머물던 제설차가 어디선가

재빠르게 나타나 툴툴거리며 제 꼬리를 감춘다

뿌리깊어 거부하지 못할 운명을 끌어안고

보이지 않는 길의 끝점을 미리 알고 있다는 듯

움츠리고 견디는 저 나무들

우리에게 고통을 주는 것은 신(神)에게

가까이 다가가기 위한 것이었고

저무는 길에 와이퍼마저 얼음을 무겁게 달고

차창을 헛돌아 시야를 가리면

입속의 기도는 소리 없이 길게 이어진다

길

대지大地를 버리지 못하는 자의 머리 위로 봄은

소리없이 깊게 파고 들어

땅속 숨죽인 지하동굴에서 침묵하게 한다

사월의 나무는 지난해 질퍽한 세상을 버리듯

잎을 버린 후 뼈마디 아픈 겨울을 지날지라도

기다림마져 버리지 않았고

이 봄 다시 생멸生滅의 흔적을 위하여

견고한 싹을 튀우고

바람과 저 눅눅한 지하 동굴의 어둠에서

상처 입은 영혼은

그늘진 곳에 엎드려 수천년을 견디고도

지치지 않은 돌멩이

또 하나의 영靈에 비로소 형체를 일으킨다

어둠이 지배하던 기억의 묘비명에 그 내력을 지우고

모질게 다시 눈뜨는 십자가의 길

저 밤의 거친 들판으로 횃불 들고 나아가리라

굳게 닫힌 철문을 열고

해마다 싹이 트는 대지大地에 입맞추며

다시 사는 자의 쉼터

살아있으므로 고통의 뼈와 살을 위하여

지상地上에 집을 지니지 않은 자 산山을 오른다

풀잎의 항변
★ 신성의 별 26

청소차가 도로 가장자리를 쓸고 지나간다 그 앞에 떨어져 있는 붉은 플라스틱 뚜껑, 청소차 멈추어 서고 운전자 내려 플라스틱 뚜껑 인도로 던진다 우리가 가는 길에 남겨 지는 붉은 기억, 상흔 나는 너의 사이버 스페이스 거부한다 네가 가는 길 뒤따르는, 집 무영지無影地 유령이 걸어간다

늘 바라보던 풍경 우리 하나로 바라보는, 끝간데 없이 맑게 눈뜬 하늘, 새롭게 바라보는 고즈넉한 심상, 우리의 꿈은 그곳에 있었다 너와 나의 손잡음 태초의 사막 그대로 내가 너를 따른다 모든 꽃과 돌들은 제 무게를 지니고 제자리에 있다 낡은 우주가 파괴되고 신생의 별들이

동굴로 돌아온다 열매와 바람은 그대로였다 불멸의 화원, 내가 손이 없어 열매를 따지 않았고 바람을 잊었고 바람 속에 서 있었고 이쪽 능선과 저쪽 능선 사이 말과 음조로 다리를 놓지 않았다 침묵 끝에 가루로 부서져 내리는, 단단한 쉼표, 산은 산으로 남아 숲을 이룰 것이다 이 지상

의 발딛음, 아름다움과 어리석음 선과 악의 두 얼굴 야누스, 천국과 지옥 풀꽃, 바람결에 솜털의 떨림을 느끼는 시간 사랑도 미움도 황폐한 다리를 건너는

무심천 혹은 홈 스위트 홈

우리가 고향을 두고 지나친 것일까

태양을 따다 오른쪽에 두면 왼쪽으로 길게 뻗치는 내 그림자
왼쪽 이마 위에 두면 오른쪽으로 검고 긴 내 그림자
내가 방에 불을 켜면 너는 또 내 그림자를 보리라
태양을 삼킨다 욕망을 삼킨다

어머니 공기는 이처럼 가벼운 것
당신이 웃으면 공기는 더욱 투명 해 져요.
맑아진 내 몸에 불을 붙여요.
네 검은 외투를 펼쳐 타다 남은 양초에 불을 당겨라
뜰의 어린아이야 물에 비친 네 그림자를 보려무나
집은, 몸은 네 등뒤에 생명의 노래
눈이 내리면 가리워질, 사라질

사원을 버린 것도, 다시 찾아 드는 것도
둑을 넘치는 열망의 시간을 지나 무심하게 중심을 흐르는,

몇 줄기 물로 흐르는
뻘을 드러내고, 추락 할 것이 없는 바닥에 빈깡통. 폐비닐 누운 자리
때로 범람이 한 세상 도도히 흐르게도 한다
부러진 나무 조각, 찌그러진 빈 페트병들을 싣고
허나 이내 시키면 뻘을 드러낸다
우리 시대의 불행
빈 벌판을 황금빛으로 물들이며 뜨던 태양
저녁이면 몸의 피를 서서히 흩뿌리는, 하루의 풍상風箱으로 이미 지친

일몰의 향기 그득한 폐허의 사원에 꽃들을 심는
즐거운 나의 집 나의 벗 별들의 고향

사물들은 공허하다 새들은 숲으로 날아들고

새떼들이 숲을 찾아 눈 덮인 계곡으로 날아간다
숲은 새들을 둥글게 품어 주리라
눈밭의 외딴집
저녁 연기 피워 올리는 그 집으로
세상의 뿌리들이 모여들었다
피에서 증발된 증기들이 옹기종기 모여
황혼 속에 가라앉아 있었다

새들은 나무 밑둥을 쪼으며 뿌리에 고여 있는
정령들을 본다
율법의 규정을 지키려고 모여든
저녁 노을에 황금빛으로 물든 머리카락
사물들은 공허하다 욕망을 국한시킨 호흡들은
이 땅에 굵은 말뚝을 내려 현세를 살아
대지地의 품에 서 있었다

새들은 방해받지 않고 황혼녘을 날아
흰 지붕 위를 날아간다

뿌리들은 대지地의 여신을 경배한다
끝나지 않은 고도의 문명을 위해
땅위에 술을 뿌리며 노래와 춤으로 정결 예식을 드린다
구원도 짧은 순간 세상의 모든 시간들은 사라져 태초의
비밀
상수리나무 밑둥의 흙이 된다
신화와 함께 했던 시간은 잊혀진 전설
겨울날 마을에는 해가 저문다

집 4

고향 풀내음의 초록바람이 여린 풀잎을 뉘어도

길 찾아 떠나는 자者의 몸을 뉘일 지붕의

기와조각은 되지 못하고

섬과 섬 사이로 등 떠미는 바람에

다시 떠나는 배의 뒷모습

어디까지 떠돌아야 정박의 땅이 기다리는지

불타는 태양 아래서 짙은 제 그림자만 바라본다

깊은 잠에 들게 하던 섬의 푸른 초원은

고삐 묶인 염소가 버린 오물로 얼룩지고

잔디는 길 잃은 자者의 구두 발자국에 짓밟히고도

또 다시 푸르게 일어선다

잔디는 위대하다

저 너머 짙푸른 바다의 고래는 자유롭다?

흙길을 벗어난 뿌리가 절벽 아래로 발가락을 내뻗어도

닿이지 않는 대지大地

무엇을 위해 그 길위를 달렸을까

숲 속에 둥지 튼 새는

나무들의 숨소리 들으며 하늘을 날고

사람 사이에 집을 지은 나는

의미와 무의미가 숱하게 엇갈리는 길 위를

부질없이 달려가고 있다

수많은 유다가 갈기를 휘날리는 저잣거리

합장하던 두 손은 기도를 잃는다

전부를 걸지 않고는 눈뜨지 않는 희망과 절망 사이를

전부를 걸고 알아낸 값어치 없는 사랑 하나쯤은

닻을 끊고

망망대해 위를 지나가는 녹슨 바람으로

내 어두운 세월을 살아갈 수 있을지라도

밤이 되면 새들도 잠이 들듯

나는 깊은 침묵 속으로 또 다시 침몰하여

평형 감각을 익히며 떠나가는 철선

모든 것은 떠나도 숲은 푸르다

새벽 하늘에 씻은 얼굴의 달이 떠 있다

인적이 드문 골목길에

묵언默言의 달빛만 지상地上을 밝히고

주택가로 숨어든 눈 먼 맹꽁이가

어제 죽은 개의 비극을 위해 비탄조로 운다

헛된 꿈을 꾸며 덩굴식물이 푸른 향나무 목을 휘감아 돌면

고래 힘줄의 세월을 위해 해 줄 말을 나는 잊는다

붉은 꽁무니로 차 한 대가 골목 모퉁이를 빠져나간 자리에

아무것도 걸리지 않은 거미줄 하나가 대롱거린다

긴 막대로 덩굴식물의 목을 힘껏 내리친다

댕겅댕겅 긴 시간이 잘려져 짧은 숨이 된다

달의 잔광으로 나무들의 등뼈가 드러난 숲은

어둠 속에서도 등이 푸르고

하늘에는 한 떼의 먹구름이 지나가도

고개 숙인 달은 또 맑은 거울을 닦는다

네가 내 손을 잡았는가

내가 네 손을 놓았는가

너에게 줄 말을 잊었다

모든 것은 떠나도 숲은 푸르다

신들의 섬에 신(神)들은 살지 않았다

 강에는 얼음이 깨어지고 있었다 둘로 나뉘어지고 있었다 바닷가에는 바다가 없었다 신화의 땅에는 신화가 없었다 신들의 섬에는 신(神)들이 살지 않았다 딥 리버, 이승과 저승 사이 두려움은 소통의 길을 모르는 것, 출발지를 떠나 원형 아닌 길 어디 있을까 스스로 정화하는 물 물의 한탄이 구름이 된다 눈물이 되어 내린다 신들의 섬에는 오체투지의 두 손 모으는 기도만 있었다

 복종은 누군가에 채워진 사슬에 묶여 부르는 노예들의 합창 스스로 채운 쇠사슬 이끌고 배를 저어 저 가마득한 섬에 도달하려는 자는 노예가 아니다 바다 앞에서 길이 끝나고 생각의 화살들 가 닿을 둔덕 흰 언어를 나에게로 쏜다 우리는 초월의 시간을 알지 못했으므로 우리는 경계를 인정치 않았으므로 절대고독의 언어를 포기하지 않은 문명의 노에 매단다 더 깊은 바다를 향해 강 위 깨어진 얼음이 떠다녀도 강을 건너 그리운 땅에 도달하지 못해도 강물은 그대로 흐르고 있다

눈 내리는 밤의 풍경

　눈이 내린다 사선으로 내리는 당신의 따스한 숨결 슬프던 풍경이 물과 햇빛이 되어 커다란 잎을 만든다 그대 잔을 높이 들고 내게로 오라 연초록 잎 그늘 아래 붉은 빌로드 융단을 깔고 그대는 나의 영감＄이 된다 초록 그득한 웃는 얼굴과 순한 한 마리 양 환희의 얼굴 집들은 무게를 버리고 둥실 떠오르고 있다

　도시의 북쪽 역에 도착했다 가로등 빛에 눈이 휘날린다 세계는 하나의 원이 된다 지름의 경계선을 넘나드는 푸른 날개옷을 입는다 보이지 않는 안개 커튼 헤치고 들어가는 또 하나의 세계 만물은 무게를 버린다 연분홍빛 집들 위로 이중창을 부르는 그대와 나 둥실 떠오르는 내 몸 분광기를 통한 무지개 나라 그대가 내 어깨에 내려앉아도 풍화된 바위 사라진 시간의 무게 가득한 잔 높이 들고 예찬 이 길을 들어선다 어둠과 안개를 벗어나

겨울의 별들이 맑은 눈을 닦으리라

★ 신성의 별 7

눅눅한 곰팡이 벗어내려고 어둠의 창을 열면

묵언의 불빛들이 오늘을 질주하는 자동차 소리 듣고 있다

발빠른 자^者들의 달변도 잠이 들고

自由를 갈구하던 자^者들은 쇠창살 속에서 서성이고 있다

오늘밤은 늘 정적의 도시를 가로질러

순식간에 아득한 소리로 사라져가도

가로등은 제 발등만 비추일 뿐이다

그 밑을 지나는 자^者에게 열정을 쏟아 붓는

풋나기의 사랑법이라 할지라도

멀리서 바라보는 자^者가 빛으로 바라보면 신성의 별이 된다

무거운 우울의 껍데기 벗겨 갈 하늘의 별이 된다

피폐한 오늘의 허리춤에 단단하게 푸른 띠를 두르고

내일을 살면 가로등 불빛은 신성^{神性}의 빛이 된다

켜진 가로등이 비추는 건 결국 제 발등뿐이니

덤불이 겹겹이 쌓여

맑은 입김을 올리며 썩어 가는 이유는

땅의 체온을 유지시키기 위해서였다

대대로 이어지는 대지^{大地}

역사가 이어지는 것은 밑거름의 생^生이

굳게 입다물고 있었기 때문이었다

불 켜진 창 빗방울에 비치는 얼굴

모여든 물의 맑은 무리

발뺄 수 없는 생^生의 뻘밭

남은 천막을 거두어 집으로 돌아가야 하리

영혼을 손바닥 위에 올려놓던 악마의 시험

한 사람의 흔적이

한 권 책의 흔적이 흐르는 빗방울에 지워진다

재개발 위해 폐허 위에 벽돌하나 올리면

겨울의 별들이 맑은 눈을 닦으리라

지난 겨울, 어머니 위대함을 알았습니다

내 안에 가득한 불빛을 끄고

차가운 공기 속의 가로등 불빛을 응시한다

멀리서 돌아오고 있는 내 발자국 소리

수선화

모든 것은 한 번에 무너져 내리는 절벽 애초 돌부리 없
는 길이란 없고 산발의 바람이 한 가닥 길을 잡는 드러나
는 지상地上의 집 구근으로 견디던 수선화 기댈 무엇이 남
아 다시 살아 봄 햇살 아래 금지된 언어 푸른 혀로 겨울
싹 밀어 올리는지 분명 성소聖所, 메마르던 심장부 어딘가
태곳적 맥박이 뛰고 있었다

스스로의 깊이로 출렁이는 파도 위 반짝이는 소금으로
떠다니지 않아도 노을이 진창인 하늘이 슬프지 않은 것은
겨울 지난 마음 밭에 불을 태우는 마른 수수대 여린 믿음
하나 깃대처럼 대지大地에 다시 세우기 때문 세월에 묻혀
사라지는 열정이 두려웠다 보이지 않는 너를 찾아 시린
맨발로 걷는 동안 바쳐진 시간이 뜨거운 겨울이었다 소멸
의 먼지를 씻어내며 새 옷을 입는, 저 끝간데 없이 바쳐지
는 사막의 첫 입구에 다시 선다 수선화의 싹에서 들려오
는 파이프 오르간 소리

122

구속은 힘이다

이른 아침 담장 없는 뜨락을 빗자루로 쓰는 사내
모아진 낙엽을 태우는 연기
나즈막한 지붕을 지나온 계곡을 가린다
멀리서 바라보면 평화로운 들판의 흑염소
가까이 다가가 보니 긴 줄을 목에 감고 있다
줄의 길이만큼 자유롭다
땅에 박힌 말뚝은 묵묵히 말이 없다
야산을 쏘다니는 방목된 토종닭의 근육질도
되지 못하면
사슴목장의 호박덩굴처럼
철책을 타고 오르며 붉은 열매를 맺어야 하리라
방목의 그리움은 장탄식.
직선으로 뻗은 길 위
가면을 쓰지 않고 피난처로 가는 길은 보이지 않고
황금들판의 평화가 오기까지
구부러진 길 위 미루나무를 찾아가지 못한다
매운 연기 속으로

구속은 힘이다
희망과 절망, 인간과 인간의 손잡음이 낳는
빛이 있어 그림자 데불고 몸부림
하늘을 향해 오르는 연기의 몸짓
내가 나를 풀어 놓고 콧노래 부르는
저 끝에는 말뚝이 굳게 박혀 있다
재의 사막 저 아득함 위에 십자가

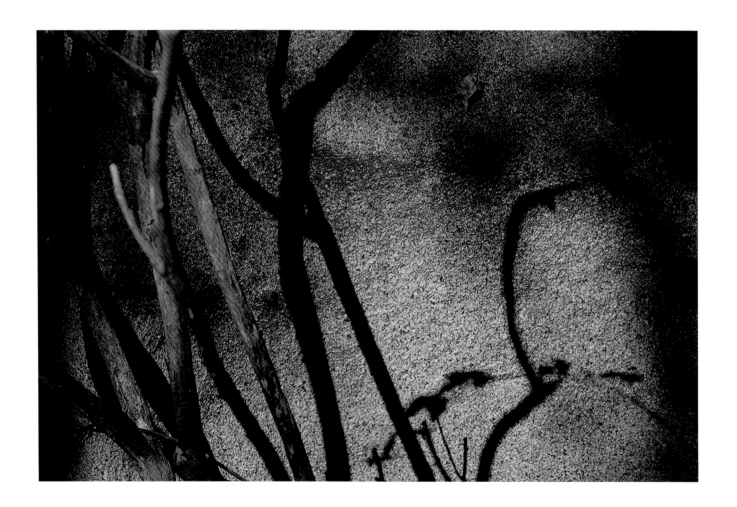

회복기恢復期

높은 산 꼭대기에 여신女神이 있다 깊은 산 속 오지奧地
믿음이 있는 곳에 진실이 있다고 쌓던 벽돌. 낡은 벽
헐리고 다시 개축 된 둑이 무너지고

흙탕물이 범람한 뒤 말문을 튼다 기슭을 찾아 헤메던
한 뼘의 땅 스스로 기슭이 된다 네가 와서 깃을 트려므나
대지大地는 제 무게를 지닌다 나는 너에게 속한 일이 없기
에 나는 나일 수가 있다 내가 살아 온 땅이 신화의 땅 사
라지는 전설 지워지는 메시지 백지의 비워짐 환해지는 내
면內面 속에 앉은 비로자나불 우러르는 하늘

초록으로 세상을 이루기 위해 새잎을 튀우는 계절에
그대 내 속에 길을 내어 초록 방울소리 요란하다
살아내기에 아프던 마음도 서서히 물로 씻기어
나는 창가에 선다 인적이 드문 마을
묵은 세월도 보이지 않는 공기 속으로 풀어져
아픔도 가루로 흩날린다
내가 그대의 품속에 온전히 있다

그대를 생각함은 내가 그대를 사랑하고 있음이며
사소한 먼지가 우주를 떠돌며 부딪치며 낳는 사랑과 미움.
미움 또한 사랑의 한 줄기였음을, 그대 나의 우주이어라
그대에 대한 나의 관념이 사라지지 않는 한
생명력을 잃지 않는 쉽게 영원이라 말하지 않는다
가을 잎을 떨구던 나무, 겨우내 죽음을 앓고 있었던 줄
미처 몰랐으니 새봄 다시 사는
이제 침묵으로 이 삶을 살아내어야 할 이유가 없어진

탄생

세계의 밤은 피로한 마부가 바닥에 못 박혀 있다

창으로부터 새어나오는 보이지 않는 불꽃

소명의 길은 무중력의 혁명위 십자가

오후의 다리위에 하얀 손

나의 시체를 밟고 핏기 가신 얼굴을 보라

하얀 시트로 덮어라

비가 내리면 무지개 타고 하늘의 뜻

윤곽을 드러내고

축성祝聖의 불꽃 속 나부

표백表白의 시간

생, 소멸의 대가로 날개 얻어 흰 창을 통해

겨울 옷을 벗고 초봄, 날개옷을 입는 피안

타오르는 촛불 들고 그대 내게로 오라

가벼운 그림자로

무중력의 계류기에 꽃수레 도착한다

보이는 세계의 언어를 버린다

세계의 그늘, 만물은 허공에 떠 있다

시작을 예고하는 은빛 촛대의 불빛

쓰러진 자들의 몸은 은빛 촛대의 불빛에 떠다닌다

슬픔을 예고하던 종소리

그림자 없는 빛의 시작을 예고한다

밤속의 피로는 왈츠의 중력에 사로 잡혀

사라진다

새로운 탄생이 경계선을 넘는다

지구의 봄

잠든 지붕 위로 신비스런 밤의 태양이 뜬다 대성당의 창문을 뚫고 빛나는 일치의 길 전율적인 바이올린 선율 그대 꽃을 들고 녹색의 문을 열고 들어선다 공중에 침대와 흰 의자 하나 정다운 새들의 봄노래 꽃망울 터뜨리는 불임의 시간

시간은 땅 아래 가라앉은 검은 모퉁이일 뿐 마음이 몸을 움직이게 한다 삶과 죽음이 하나인 원圓의 세계 이승과 저승의 경계조차 가볍다 밤을 비추는 태양 집도 무게를 버리고 지켜보는 커다란 녹색 눈 여성을 품에 안는다 진혼鎭魂의 음조 한 손이 한 손을 잡으려 수직으로 솟아오른다 몸을 비추는 윤광輪光 푸른 밤이 깊어진다 예감의 재회 영원한 축배를 드는 하얀 초승달 깊어진 푸른 밤

대지大地에서 피어오르는 가벼운 구름 하얀 베일을 끌고 검푸른 하늘 위 빠른 발걸음 하늘의 속살이 맑고 투명하다 시공을 초월한 뒤 여인의 왼손이 남자의 머리를 받치고 태양과 바다를 향한다 너의 몸은 정적의 계단을 밟으며 소리 없는 발걸음 운명의 수레를 끌며 해를 향하는 지상의 낙원 수를 세는 초침이 없는 시원始源 세속을 떨치고 그대의 흰옷자락의 엷은 미소로 너를 돌아 원무圓舞의 향연 날이 밝으면 무수한 꽃들이 피리라 금단禁斷의 경계선을 넘는 일곱 손가락 사념思念이 수를 놓는 우주의 아라베스크 지구의 봄이다

새벽의 여명

세찬 바람 부는 강 다리 위 털모자 쓴
일용직을 구하는 남자
검은 그림자로 서너 명 걸어가고 있다

강 건너 가로등이 스크럼을 짜고 있는
팔 안에서 서서히 잠들던 한강
그 건너 저 멀리에도 가로등은
다가올 내일처럼 한강을 에워싸고 있었다

밀어내고 또 밀어내어도
파도쳐 밀물 들던 혼란의 날들이
거리 모퉁이에서 빛 바래어 간다

나는 이제 알고 있다
고난의 땅
새벽의 여명에 기대어 밤을 지새어야 한다는 것을
꿈도 없이
애초에 꿈은, 기다림이란 허상이었다는 것을

내 집은 동쪽으로 향해있고
아침햇살에 도시를 떠돌던 우리의 날들,
먼지로 떠다니고 있다
해오름으로 어제 저녁 그제 저녁 보지 못했던
먼지가 나른하게 떠도는
꿈의 허상을, 문명의 운명을
제 몫을 지켜내기 위해 뒤돌아서야 하는 지점을
차가운 돌다리 지나며
사라져버리는 샘물을 더 이상 더듬지 않으리라

죽음의 사막을 거쳐 이제 당도했다
나의 몸,
사람에게 기대지 않는 마른 꽃잎
따사로움이 그립거든 들길로 가리라
들길로 가다 보면 바다 위 갈매기를
바람도 견디는 바위를 보게도 되리라
숲을 해치는 일은 하지 않으리라

길이란 우리의 의지에 물음 없이 이미
사방으로 뚫리어 있었다
사람들은 예측할 수 없었던 길 위에서
때로 서성대기도 한다

사람들 사이에 신화는 없었다
내 혼을 담고 있는 내 몸이 지나가는 곳 신화의 땅일 뿐

신의 뜻은
잠든 검은 한강의 고요 위에 떠 있다
앞서 모든 것들이 사라지는 길로 갔듯
의지를 잃어 구부러진 등뼈에
잊혀진 별들을 일렬로 구겨 넣으면
절실한 간구懇求의 목소리 다시 들릴까
마르지 않는 샘까지 무릎으로 걸어가리

침묵으로 지켜낸 검은 세월
빵부스러기 얼룩이 널려 있다
겨울을 떠나지 않은 텃새가

길 위에 내려앉아 빵을 쪼운다
길은 새의 가슴 숨결로 하얗게 바래어진다

새 아침은 견고한 철책을 따라오고
나는 미소로 나를 받아들인다

이미 알고 있던
바람에 날리는 검은 비닐봉투
영혼의 무게로 존재의 무게로
내가 보이지 않는 둔덕 위에서
바람에 바스락거리는 소리
그 영혼을 잠재운다

미소도 없이 어긋져 비는 내리고
조금 전까지 길 위를 달리던,
오토바이 헬멧 쓴 남자 길 위에 넘어져
죽어가고 있었다
죽음이 저렇듯 가까운데
내일이 있다고 말하지는 않겠다

겨울 바람 속

일용직을 구하는 남자는

이미 강 다리 위를 지났다

내 노래

목소리가 다시 침묵 속으로 잦아든다

나는 생명이 있는 피가 도는

완전한 존재의 나뭇잎이고 싶었다

이제 빛 없는 하늘에서도 신성한 별을 찾을 수 있으리

끝이 보이지 않는

투명한 거울 속으로 걸어 들어가리라

애초 나의 길이었던 그 길로

나 또한 고통의 다리를 건너지 않고서야

어찌 흐르는 강이 침잠한 채 무심히 흐르는 것을 알겠느냐

나의 내면에

흐르는 지상에서 꽃 피우지 않는

무화과나무 한 그루 심어져 있다

불사른 한 권의 책

마음은 뻘밭을 걸어

한 걸음 앞을 내다보지 못한 순환선

햇빛에 내다 거는 시간

삭은 뼈들이 대지(大地)에 누웠다

겨울, 지는 해가 방향을 바꾸었다

허허로운 들판 위에 노을이 비켜진다

태양이 잠든 새벽

빈속의 달이 맹목으로 뜬다

흙냄새와 햇볕과 바람을 쏘이려는 일념 하나가

형체가 없는 것에 매어 달리는

믿음 하나만 위로가 되는

대지(大地)는 수선화 구근을 품고 있다

어린 싹을 키우고 있다

아직 모든 것이 선명하게 구분되지 않는

새벽의 여명

그러나 아침은 시작이다

나의 마을

내 청색의 얼굴이 거리를 두고 그대 얼굴을 마주한다

삼각의 목 부위에 부푸는 흰 꽃과 빛나는 열매

하늘 위에 거꾸로 된 지붕들 나 또한 거꾸로 걸을테니

황금빛 목걸이 아침 태양에 빛나거든

무구無垢의 흰 소를 끌려므나

나는 머릿속에 앉아 소의 젖을 짜리니

그대 나의 손가락에 반지를 끼우렴

축성祝聖의 순간 옥외屋外의 넓은 공간에서는

바이올린을 켜는 구경꾼들

죽음의 배경으로부터 순백의 눈부신 모습으로 떠오르는

나의 신부여

괘종卦鐘도 긴 하루 휴식을 취하며 조용히 지나는

내 고향의 풍습

나의 마을에 안식이 환상처럼 번지는,

시원始原의 아담과 이브 열매 따기 전

활성 단층

새벽 두 시 빈터에는 누렇게 잎이 말라가던

적막의 옥수수대 검은 빛으로 엎드려 있다

인적이 멈춘 길가 신호등의 사랑법은 멈춤이 없고

조락의 들판 우리가 설 땅은 어디인가

지층이 퇴적암과 역층으로 끊어져 있어도

지표면 위에는 지난 여름 무수한 꽃들이 피었다

뜨거운 심장으로 포개어 지지 않은 단층구조

수십만 년전 한몸이었을 그들은

영혼이 닮았을 게다

활성 단층은 추억이 되지 않는다

수천 년 후 지진 활동을 하리라만은

신화의 땅에 먼 그리움으로

서로 등 떠밀어 수직으로 서 있는 쓸쓸한 사람들

트럼펫의 연가는 이제 들리지 않는다

어둠에 묻혀라

검은 숲에 몇 마리 새들이 날지라도

발 아래 깔린 짙은 슬픔

인적이 드물어야 비로소 새는 노래한다

윤기 잃은 머리카락

희망이 흙 속으로 파고들어 제 몸을 감춘다

누렇게 낙엽지는 낡은 사고思考

내 몸속 단층 파쇄면의 지진 활동은

지형의 미소 변화 일으킬까

저물지 않는 길, 시간의 적요가

한 그루 나무 마음자리에 두 몸

한 몸 이루지 못한다

궁핍한 시간은 말없이 흐르는 강물이 되어

★ 신성의 별 4

대지^{大地}는 굳게 입을 다물었다
보라, 봉한 입으로 게워 올리는
저 도드라진 푸른 유두
발목 가득 덮인 수천 톤의 쓰레기, 흰 종이 위를 기어가
는 벌레를
뼈 조각 무너져 내리는 아픔을 꽉꽉 씹어 삼키고
대지^{大地}가 밀어내는 믿음의 덩어리
빙하의 시대를 지날지라도
사라졌다가 수천 년을 다시 흐르는 강물에 대해서도
대지^{大地}는 말하지 않고 굳게 입을 다물었다
사람들 사이에 땅 한 켠 나누어 가지지 못하는
불길한 예감 후에도
등 돌리지 않는 굵은 팔뚝의 뚝심이
청산^{靑山}의 푸른 젖줄이 된다
겨울 들판을 가로질러 불던 바람에도 열지 않던
가슴 열어 긴 입맞춤
우리는 욕망을 위해 상처 하나 키우는 것이다

흐르는 강물의 기슭에 섬으로 엎디지 못하고
푸른山을 키우며 고통을 말하지 않는 대지^{大地}가 있어
궁핍한 시간은 말없이 흐르는 강물이 되어 우리의 삶을
이끈다

난지도에 유채꽃이 피었다
썩기 위해 가만히 엎드린 세월은 아니었다
다시 땅으로 태어나기 위해
검은 물이 흐르는 날들을 견디어 내고 있었으니
대지^{大地}에 던져져 대지의 심연에 다다르던 고통은
유일하게 빅뱅을 꿈꾸었으리
신^神 또한 뒷짐지고 침묵으로 지켜보았다
신^神의 마지막 카드 뒷면에 깊이 숨긴 비밀의 내력^{來歷}을
읽기까지
우리는 욕망을 위해 상처를 키우는 것이다
대지^{大地}는 쓸쓸한 손으로 한 생애를 말없이 보듬어 준
다

이제 그대의 어깨에 기대어 가리라

봄이 오면 노란 꽃 피어

사람들은 잠시 눈물 없는 세상에 마음 붙이고 또 묵묵
히 길을 걸어가리라

화엄의 바다

작열하던 태양은 근해의 물고기들을
죽음에 이르게 한다
집어등을 켜고 밤의 그물코를 엮던 오징어잡이 배
은빛 햇살 내리쬐는 바다의 잔잔한 물결 위에서
수부들이 늦은 잠을 자고
바다 끝의 유도화 붉은 꽃 고요의 풍경 위에 희망이다
우리가 살고 있는 세계는 끝없이 닫혀 있고
우리가 가던 길은 남쪽 항로로 열려 있어도
배들은 북쪽으로 뱃머리를 돌린다
목청 다해 울어도
가 닿을 곳 없는 매미들의 마지막 여름 탄식은
신앙이 되지 못하고
낮게 날으는 제비들의 저공비행에도
바람은 바다를 일렁이게 해
파도가 머리를 부딪는 저 깊은 흙빛 벼랑
길이 방향을 바꾸기 전에
우리 삶은 정갈하게 거꾸로 도는 바퀴를 굴리지 못한 채

해안 근처로 떠오르는 물고기들의 죽음을 지켜 보아야
한다
빛은 이내 사그러지고 밤은 다가온다
나는 어느 곳에 나의 짐을 풀어놓고
붉은 꽃무더기 안고 화엄의 바다에 서 있으려는지

집어등을 밝히고 오징어잡이배
밤새도록 바다에 머무른다
늙은 수부는 일찌기 뱃머리 돌려 등대를 향하지만
우리는 어둠 속에서 길을 잃고
잠시 밤을 밝혔다 꺼지는 불을 향해 노를 젓기도 한다
내가 끌고온 세월 이내 내 것이 아니고
이른 새벽에 꺼지는 불은 등대가 되지 못한다
저기, 등대 밤낮으로 엎드려 쉬이 말하지 않는
섬이 있어 그 위에서
빛이 되어 홀로 껌벅이는 것을
바다도 지나가는 말들을 삼켜

파도로 일렁거린다

태양이 떠오르면 배들은 제 흔적을 지우며

포구를 향하겠지만

나는 숙명처럼 제 스스로 가야 할 길을 열어

집을 향하지 못하고

그리움이 드넓은 밤바다에 서 있다

몇 마리 새가 다시 하늘을 날고

1.

그 많은 날들이 바람에 흩날리고

수평선 위에 아무것도 떠다니지 않는다

침묵은 굳게 입 다물고

내일은 태양이 뜰지라도 나의 새는

날개를 접었다

밤바다에 불꽃놀이는

오늘의 궤적위에 다만 기억으로 흔적을 남기지만

타오르는 정열은 이미 식어 버렸으니

너와 나를 묶었던 오랏줄은

모래속에 파묻혀 있다

모든 것은 한낱 해변에 닿아

부서지는 가벼운 거품이었을 뿐

지루한 백사장은 끝이 없어라

모터 보트들이 바닷물을 옮겨놓은

모래사장은 밤이되어 겉이 얼었다

겨울이 지속되면 꽁꽁 얼어

해빙의 날 기약하지 않고

돌아 누운 오늘이 서걱이는 모래사장이다

2.

거듭해서 태어나는 태양이 솟아오른다

대지의 품속에서 숨을 돌린

저토록 힘찬 태양이 솟아오른다

죽어서 다시 건너는 강은

이승에서 뿌리내리지 못하고 흐르기만 할 뿐

거듭태어나기에는 떠밀리어 지상을 흐르는 것이리

불끈 솟아 오르는 저 태양처럼

힘껏 일어서라

바다를 붉게 물들이며 뉘었던 몸을 일으키라

어제의 하늘에 새가 날지 않았어도

오늘이 되면 몇 마리 새가 다시 하늘을 날고

바다에는 힘찬 배들이 행렬을 이루며 전진한다

방향키를 굳건히 잡은 손은

바다에 원형의 물결을 일으키며 돈다

힘찬 원동력으로 육지에 오르렴

3.

지난 시간은 퇴적층에 물길 하나 남기지 않는다

깨어나자 대지^{大地} 위로 태양이 뜨니

봄이 고된 씨앗을 뿌린다

미몽에서 깨어 날 시간

증오의 태양도 저녁이면 빛이 여려져

대지^{大地}의 품속에서 쉬어 간다

땅에 내린 뿌리 깊어

출발점과 골인지점을 묵묵히 바라보기만 할 뿐

견디던 날들은 죽음으로 끝을 맺으니

너와 나의 일몰 또한 머지않았다

고집스럽던 새벽의 안개에서 깨어나자

돛폭을 넓히고

범선에 봄을 싣고 소항구를 떠나자

4.

대지^{大地} 위의 숲길은 험하고 가도 끝이 없는 낯선 땅

아무리 숲을 헤메어도 손에 잡히는 것은 아무것도 없다

꿈길에서 본 것들은 자고 깨어나면 그만한 거리에 저만치

길위에서 페달을 밟고 밟으면 머뭇거린 지난 시간이

보상되어지는가

나는 한 마리 딱정벌레로 살았다

새벽의 신성한 별 아래

뒤 돌아보지 않고 가야 할 먼 길을 바라보기로 한다

무겁게 가라 앉았던 꿈을 연 줄에 매달아 공중 위로

날려야 하리

끈적거리는 정^情은 봄 햇살 위로 골고루 흩뿌리리

아침의 강 위에

황금빛가루 강물 위로 반짝이리니

그대, 강 다리 위 지나면서 잠시

스쳤던 시간들을 가볍게 떠올려라

5.

해빙의 보도 블럭이 얼음을 토해낸다

다시 겨울이 올지라도

겨울 바람은 세월에 갇히어 지나가 버릴 것을

왜 그리 차갑게 불었는지는

몸 푸는 축대는 알리라

마른 이끼도 새파랗게 목을 축이는 봄날

대지(大地) 위를 걸어가기 위해

삼백육십도 공중제비 돌며

중심축을 이어 지나온 길이 벌써 아득한 날이다

차가운 이 땅의 시간이 징검다리 건너는

거울에 비치는 너와 나, 우리, 온전한 나 오목거울 볼록 거울 발로 밟으며 너를 찾아 찾아… 나를 찾아 찌그러진 희망, 온전한 절망 2분의 1의… 4분의 1의 아니 12분의 1의 아니 아니 360분의 1의 나, 나, 나, 깨어진 거울 조각에 비치는… 산발의 내가 지친 얼굴로 내 집의 거울에 앉아, 내 몸을 찾아 머리 빗질하고 관자놀이 누르며 웃음 지어 보이며 나를 찾아… 우리가 되어 내가 되어, 하나가 되어 검은 외투 벗고 새 옷 입고 문을 열고 나서는

시간이 징검다리 건너는, 너는 이마에 붙은 별이었다 얼굴의 빛이란 빛 모두 별에 모여들어 내 얼굴은 빛을 잃었다

비어 있던 집에 가구를 들이고 부러진 마음도 접어 얼어 버린 꿈 조각의 퍼즐을 끼워 맞추며 목욕탕 타일을 닦으며 빈 장갑과 손가락 끝을 맞추며 벽을 허물며 먼 길 나서야 하는 신발 끝에 발가락 끝을 끼우며 붉은 매니큐어 칠하며 콜드 마사지하며 광을, 빛을 빛을 가구로 꽉 찬

집, 손, 발, 젖가슴, 머리. 눈동자에 그리움을 담고 걸어가는 언덕 저 켠 집

환환幻幻의 미로迷路를 검은 구멍을 빠져 나오는, 문을 열고 나서는 모자 쓴 시간이 터널을 지나는, 속은 비가 내리지 않았다 터널 지붕 끝에서 쏟아지는 비, 비, 비 차 속에도 비가 쏟아지고 있었다 그 시간 끝머리 검은 웅덩이 속 천국의 열쇠 그 끝머리 비린, 차가운 이 땅의

대지^{大地}는 사랑을 키운다

★ 신성의 별 17

1.

대지^{大地}는 사랑을 키운다

바람 멎으면 꽃이 지고

푸른 잎만 눈을 뜨고 파랗게 질려 견디는 세상

먹이도 되지 못하는 꽃잎을 물고

참새가 가는 길은 목적지가 있다

새순은 복병처럼 엎드린 세계의 절망을

가볍운 깃털로 바꾸려 하지만

우리는 기억하리라

우리의 삶에 새잎은 돋지 않는다

대지^{大地}는 발목 가득 덮은 묵은 잎을 바라본다

2.

해바라기의 목을 비틀어라

태양은 더 이상 신화^{神話}의 빛으로 빛나지 않으니

하룻밤 사이

사악한 밤의 냉기가 내 몸을 휘감았다

톱니바퀴에 돌을 끼워 넣으면

바퀴의 비명 소리는 낡은 성^城의 불문율을 깨트리니

밤낮으로 서 있던 위대한 입상의 동상

청동빛 가루로 무너져 내리고

이미 마음은 저물어 저녁 노을조차 없으니

승리의 깃발은

우리의 땅에 꽂지 않는다

해바라기는 해를 돌지 않는다

3.

밤이면 무덤에서 빠져 나와 울어대는

양의 탈을 쓴 이리

이빨은 날카로워도

창백한 달의 빛 속에 있다

웃는 얼굴로 어둡고 지저분한 거리를 배회해도

그 이빨은 달의 한 귀퉁이조차 베어 물 수 없다

목줄기에 내리 비치는 달빛을 피해 달아나도

이 지구 위 무용지물의 더러운 짐승

막다른 골목까지 부드러운 눈짓으로
샅샅이 훑어 지켜 보는
달의 대지^{大地}는 넓을 뿐

구원해 줄 초록의 땅이 없어도
용서의 숨결로
긴 숨 쉰다

입속의 탐욕을 읽힌 이리는
이미 이리가 아니다
지나온 한 세기말 궤적으로 아픈 역사
고단한 달의 잔광마저 거두면
밤은 산의 검은 잔등을 지켜 보아야 한다

4.
가가호호 신^神을 모시는 사원에
벽돌 한 층씩 이끼가 파랗게 물들이는 세월

아침마다 아낙들이 인고의 꽃들을 따다
두 무릎 꿇어 이끼 낀 사원에 두 손 모으는,
떠다닐 섬들을 조용하게 잠재우는,
썩어 냄새 풍길 몸둥아리 데롱거리는 섬들
오랏줄에 묶인 듯 풀어헤치며 떠도는 섬들
날개에서 시궁창 냄새가 난다
신들은 섬에 살지 않는다

오체투지로 사원에 이르는
맑게 개이는 오늘이 날개 다는 길
너를 찾아 없는 길을 헤매고
죽음의 땅에 닿는다
돌아갈 곳은 나의 몸이다

5.
거친 바다를 헤쳐 나아가다 보면
저 아득히 난지도가 보여요
난지도에 뭉게뭉게 나무들이 자라고 있어요

숲들이 푸르게 눈을 뜨고 있어요

채워도 채워도 채워지지 않는 대기
헐렁해진 육체에는 흰 깃발이 펄럭이고
통곡하는 양극지대의 경계 틈 사이
구름이 기우뚱거렸다

태풍주의보
쓰러지는 집들은 굵은 말뚝을 박고
바람이 내습하지 않도록 창마다 널빤지 붙이고
낯선 얼굴 필연의 바람이라 해도 집안에 들이지 말기

내 안에 허물어진 교회의 첨탑
눈썹마다 고이는 엄숙한 이슬방울
새벽나무가 시리게 올려다보는 새벽 별
새벽녘 꿈에 다가온 딱딱한 각질의 바윗덩어리

피로한 물풀은 제가 걸어온 길을 추적한다
항로 변경

선박의 위치를 점검하라

같은 물줄기 두 번 발 담그지 않는다

집과 더불어 표류하다 파도가 모래를 흩어내니
무너지지 않은 벼랑 위에 올려진 흰 집
폭풍 속에 은은하게 울리는 파이프 오르간 소리

소리 향해 뒤돌아 보아요
검게 엎드린 세월 난지도에 뭉게뭉게 나무가 자라고 있
어요
초록 세상이 펼쳐지고 있어요
돌아보면 내 어둠의 세상이 초록천지 세상이었어요